Mae'r llyfr
DREF WEN
hwn yn perthyn i:

For Nani's
special Harri
on his 2nd Birthday
16th February 2007

Teitl gwreiddiol *Floss*
Cyhoeddwyd gyntaf yn Saesneg 1992
gan Walker Books Cyf. Llundain.
Y cyhoeddiad hwn 1993 gan Wasg y Dref Wen,
28 Ffordd yr Eglwys, Yr Eglwys Newydd,
Caerdydd CF14 2EA, Ffôn 029 20617860.

Argraffwyd yn Hong Kong/China.
Adargraffwyd 1994, 1996 a 2002.

Fflos
y ci defaid

Kim Lewis

DREF WEN

Ci defaid oedd Fflos
o ran ei thras,
ond roedd hi'n byw
yn y dref.
Roedd hi'n perthyn
i hen ŵr,
a byddai hi'n hoffi
mynd am dro gyda fe
yn y strydoedd.
Ond yn fwy na dim
roedd hi'n hoffi
chwarae pêl
gyda'r plant
yn y parc.

“Ffermwr yw fy mab,”
meddai’r hen ŵr wrth
Fflos. “Mae ci defaid
ganddo, ond mae hi’n
mynd yn rhy hen i weithio.
Mae e eisiau ci ifanc
i ofalu am y defaid
ar y fferm. Fe allai fe
dy ddysgu di i fod
yn gi defaid iddo.”

Felly aeth Fflos
a'r hen ŵr ar daith,
ymhell o strydoedd y dre
a'r plant yn chwarae pêl
yn y parc.
Fe ddaethon nhw i gwm,
yn llawn grug a rhedyn,
yng nghanol y bryniau.
Doedd fawr ddim
yn byw yno ond defaid.

Yn ddwfn yn ei chof
roedd Fflos yn gwybod
am ddefaid.
Doedd yr hen Nel
fawr o dro yn dangos iddi
sut i'w trin a'u trafod.
Dysgodd y ffermwr iddi
sut i redeg a gorwedd
a sut i yrru'r defaid
i'r gorlan. Gweithiodd
Fflos yn galed iawn
i ddod yn gi defaid da.

Ond weithiau yn y nos,
pan oedd Nel
yn cysgu'n drwm,
byddai Fflos yn dihuno.
Byddai hi'n cofio
am y plant, ac am
yrru'r bêl wrth chwarae
yn y parc.

Un diwrnod aeth y ffermwr
â Fflos i'r mynydd,
i weld a allai hi
gasglu'r defaid ei hunan,
heb gymorth Nel.
Roedd hi wrthi'n brysur
yn casglu'r praidd
pan glywodd hi sŵn.
Ar gwr y cae roedd
plant y ffermwr yn chwarae
â phêl ddu a gwyn
newydd sbon.

Yn sydyn cofiodd
Fflos am blant.
Rhedodd i chwarae â'r bêl.
Dangosodd mor dda
y gallai hi drwyno'r
bêl, a'i phasio.
Dangosodd mor uchel
y gallai hi neidio
i'r awyr.
"Dad, edrychwch!"
gwaeddodd y plant.
"Edrychwch ar Fflos!"
Ond dechreuodd y defaid
wasgaru.

Dihangodd y defaid
trwy'r glwyd. Roedd 'na
ddefaid yn yr ardd
a defaid ar yr heol.
"FFLOS!" gwaeddodd
y ffermwr, a'i lais
fel y daran. "Rwyt ti
ar y fferm 'ma i weithio,
nid i chwarae!"
Aeth â Fflos adre
i gwt y cŵn.

Gorweddai Fflos yn y cwt,
yn poeni am beli a defaid,
yn breuddwydio am
strydoedd a chaeau,
gwlad a thref,
plant a ffermwyr,
i gyd yn gymysg
â'i gilydd.
Allan ar y mynydd,
Nel oedd yn casglu'r
defaid.

Ond roedd Nel yn rhy hen
i weithio bob dydd.
Roedd yn rhaid i Fflos
ddysgu cymryd ei lle.
Gweithiai mor galed
gyda'r defaid,
roedd hi'n rhy flinedig
i freuddwydio rhagor.
Roedd y ffermwr
wrth ei fodd,
ac aeth â hi i gystadlu
yn y treialon cŵn defaid.
"Mae Fflos wedi tyfu'n
weithiwr da,"
meddai'r hen ŵr.

Ond roedd plant y ffermwr
yn dal eisiau chwarae
â'r bêl.
"Dad," medden nhw, "gaiff
Nel chwarae gyda ni?"
Ond doedd gan yr hen Nel
ddim clem sut i chwarae.
"Does neb yn gallu
chwarae fel Fflos,"
meddai'r plant.
"Dos di, 'te,"
sibrydodd y ffermwr
yng nghlust Fflos.
Ciciodd y plant y bêl
i ganol y cae.

Cofiodd Fflos am blant.
Rhedodd i chwarae â'r bêl.
Dangosodd mor dda
y gallai hi drwyno'r
bêl a'i phasio.
Dangosodd mor uchel
y gallai hi
neidio i'r awyr.

Storïau lliwgar difyr o'r

DREF WEN

mewn cloriau meddal

Balŵn *Jez Alborough*
Fy Ffrind Arth *Jez Alborough*
Y Ffermwr Clyfar Iawn *Denis Bond/Steve Cox*
Bŵm! *Nick Butterworth*
Drama'r Geni *Nick Butterworth/Mick Inkpen*
Sgarff Barti *Sally Chambers*
Beth wnawn ni â Babi Bw-Hw?
Cressida Cowell a Ingrid Godon
Gwyliau Postman Pat *John Cunliffe*
Postman Pat a'r Bêl Las *John Cunliffe*
Postman Pat a'r Nadolig Gwyn *John Cunliffe*
Postman Pat Eisiau Diod *John Cunliffe*
Y Gryffalo *Julia Donaldson/Axel Scheffler*
Cwac Cwac! *Philippe Dupasquier*
Mr Blaidd a'r Tri Arth *Jan Fearnley*
Yn Union Fel Ti *Jan Fearnley*
Babi Newydd Mr Arth *Debi Gliori*
Mr Arth yn Gwarchod *Debi Gliori*
Mr Arth yr Arwr *Debi Gliori*
Cadno Bach a'i Ffrindiau yn Rasio
Colin a Jacqui Hawkins
Yn y Glaw gyda Martha Fach *Amy Hest/Jill Barton*
Arth Hen *Jane Hissey*
Ianto a'r Ci Eira *Mick Inkpen*
Drygioni Mog *Judith Kerr*
Fflos a'i rhai bach *Kim Lewis*
Fflos a Me Bach *Kim Lewis*
Ffrindiau *Kim Lewis*
Elfed ac Eifion *David McKee*
Ambarél y Wrach Hapus *Dick King-Smith/Frank Rodgers*
Beth Nesaf? *Jill Murphy*
Heddlu Cwm Cadno *Graham Oakley*
Mrs Mochyn a'r Sôs Coch *Mary Rayner*
Perfformiad Anhygoel Gari Mochyn *Mary Rayner*
Wil Drwg *Mary Rayner*
Wil y Smyglwr *John Ryan*
Ed a Mr Eliffant: Cei di Weld! *Lisa Stubbs*
Mostyn a Monstyr y Mwyar *Lisa Stubbs*
Y Goeden Bisgedi Siocled *Thomas Taylor*
Ifan Cyw Melyn *Martin Waddell/David Parkins*
Ti a Fi, Arth Bach *Martin Waddell/Barbara Firth*
Methu cysgu wyt ti, Arth Bach?
Martin Waddell/Barbara Firth
Blaidd Wrth y Drws *Nick Ward*

Cyfres Fferm Tŷ-gwyn *gan Jill Dow*
Cartref i Tanwen
Cywion Rebeca
Chwilio am Jaco
Gwlân Jemeima

Dref Wen Cyf. 28 Church Road, Yr Eglwys Newydd, Caerdydd CF14 2EA Ffôn 029 20617860 e-bost info.drefwen@btinternet.com